MONSTRUOSIDADES COTIDIANAS

Rebecca Morales

MONSTRUOSIDADES
COTIDIANAS

ISBN-13: 978-1721292271
ISBN-10: 1721292276

Gesta Cultural Vitrata

lamarucagestaculturalvitrata@gmail.com

COLECCIÓN IMAGO

Escrito: Rebecca Morales
rbkmorales03@gmail.com

Edición: Mary Ely Marrero-Pérez
maryelymp@gmail.com

Corrección: Luis Ortega Delgado
lesly8ortega@gmail.com

Arte: Josué García Cruz
calledelascamas@gmail.com

HECHO EN PUERTO RICO
Primera edición: julio de 2018

MONSTRUOSIDADES COTIDIANAS

Rebecca Morales

ELOCUENCIAS EN FORMATO REDUCIDO

(o el arte de decir mucho en pocas palabras)

Nanim Rekacz, escritora argentina

La microficción (es el término que prefiero para referirme a este género de multiplicidad de denominaciones: minicuento, microcuento, microrrelato, minificción, relato enano, ¨short short story¨, textículo, etcétera) se niega a las estrecheces de un significado único y prefiere expandirse como fractal cada vez que un autor se aventura a expresar densidades y dimensiones de forma sintética.

Nos toca celebrar el nacimiento del libro de microficciones MONSTRUOSI-DADES COTIDIANAS de la escritora puertorriqueña Rebecca Morales,

quien se dio a la tarea de decir mucho en pocas palabras.

¿Eres un lector avezado en este género? ¿O es la primera vez que accedes a un libro de este tipo de literatura? Si estás entre los primeros, sabes a qué atenerte y estás preparado para el abordaje. Pero, si no es así, la sugerencia es que vayas despacio, que te tomes tu tiempo frente a cada página y no leas cada una de ellas solo una vez. Mira el conjunto. Obsérvalo. Mastícalo. Recorre cada texto de principio a fin y regresa al inicio. Haz el camino permitiéndote ser parte del mismo, imaginándote el entorno, los seres que lo habitan, sus acciones, sus precedentes, lo que sobrevendrá luego. El ¨todo¨ está solo insinuado. Los títulos no son azarosos. Hay capas de interpretación que puedes ir quitando, como si fueran ropajes, hasta desnudar la esencia oculta.

¿Dónde radica la magia, el atractivo esencial de los textos de este género? Lo corto y lo breve no son la misma cosa. La brevedad requiere consistencia, contenido con peso propio, destellos de lucidez para atrapar en palabras precisas y contundentes toda una historia de vida, acontecimientos relevantes, principios filosóficos apretados en nudos metafóricos, anécdotas trascendentes, contradicciones humanas profundas... Incluso el orden mismo de las palabras, la puntuación y el título son fruto de un trabajo de elaboración, de orfebrería, de relojería.

Cuando abordamos un libro como este, los prodigios se suceden página tras página. Ya el primer texto, titulado "En la víspera de mi nacimiento", nos sugiere cómo será el camino que recorreremos. La extrema concisión está lograda en un cuerpo de tan solo dos palabras cuyo título de seis completa el

sentido de manera necesaria y circular. Toda una trama de posibilidades aparece velada en apenas ocho vocablos y nos impulsa a imaginar el resto. En ello radica la magia de la microficción: en la imprescindible participación activa del lector para alcanzar la comprensión, para rellenar con su propia experiencia y conocimientos lo sugerido por la autora. Esto produce la coautoría (fenómeno que puede reiterarse ante cada relectura).

Te advierto que el sendero que iniciarás en unos instantes con esta lectura no es llano. Encontrarás bifurcaciones, harás altos para relajar y sonreír, incluso puede que rías. Tendrás que detenerte en ciertas microficciones que laceran una llaga, repensar algo en lo que creías, revisar un concepto. Hallarás, envueltas en leves parábolas, realidades amargas, denuncias sociales, crí-

ticas al sistema y a la ideología dominante, a la religión o al sentido común. Algo te parecerá un chiste, pero cuando lo revises, reconsiderarás tu apreciación. Los juegos de palabras dejarán de serlo ante una segunda lectura, para convertirse en declaraciones de principios. Amor, sexo, infancia, dioses, tecnología, naturaleza, enfermedades, muerte, crueldad, tiempo, crímenes, excesos, inocencias… se alternan y se integran en una trama, como es la vida. Te descubrirás interviniendo, rememorando sucesos que te acaecieron, relacionando eventos, agregando contenido. Sí, en eso está el encanto: en atreverte al desafío y sumergirte en los textos que te ofrece la autora y apropiarte de ellos. ¿Cómo sucede eso? Te cuento el secreto: verás que algunos de ellos se te quedarán enredados en el cabello, adheridos en la yema de los dedos o se negarán a des-

pegarse de la espiral de tu oído y permanecerán allí, repitiéndose como un mantra y resonando su eco. Ya verás, es muy probable que esta noche, o mañana, te encuentres contándole a alguien lo leído, repitiendo de memoria una de estas microficciones, esa con lo que te identificaste o que logró poner en palabras tus pensamientos y vivencias.

¿Cuál será tu monstruo preferido? ¿Estás alerta? Respira hondo, abre tu mente, y déjate llevar por estas MONS-TRUOSIDADES COTIDIANAS.

NIMIEDADES

¨Presta atención.
Detrás del ruido,
se ve el nacimiento rudo de las cosas,
eso íntimo, desesperado,
casi, casi enorme
en su notoria nimiedad¨.
-Javier Ardúriz

En la víspera de mi nacimiento

Amanecí rota.

¡Precaución; resbala mojado!

Solo sé que, tras el impacto, vi las estrellas.

Cuando se pierde todo en la vida

El grito fue tan doloroso, que solo él pudo escucharlo.

De un largo caminar

Su vida fue tan recta, que su camino se volvió infinito.

Sin remordimiento

Un beso a tus tiernos labios me arrastró
a una muerte segura.

Sobre la cuestión del tamaño

Él tenía un gran corazón, pero les hacía el amor a mis muslos.

Gemidos compartidos

En el convento, las oraciones durante el alba, son gemidas.

La mirada que no miente

En la mirada de los niños se puede leer
la maldad de sus padres.

Silencios que matan

Un arma cargada con calibre de silencio fue su mejor contraataque.

La última mamada

La autopsia reveló que él murió por la hemorragia. Ella murió por asfixia.

Sumergido en sus propios problemas

Como nunca quiso aprender a nadar, se ahogó en su propio vaso de agua.

Intransigentes

Hay una línea rígida entre tú y yo. Ninguno cede. La soga se rompe. Ambos caemos al vacío.

Corazón de madre

El hecho de no haber podido encontrar a su hijo, la llevó a desear que estuviera muerto.

Baby blues

Sumergió a su recién nacido en el fregadero. Quería saber cuánta agua podía absorber.

Lo que se da se quita

Mi intención nunca fue quitarle la vida.
Yo solo quería recuperar lo que algún
día fue mío: su corazón.

A paso lento

Tomó las cosas con tanta calma y lentitud, que cuando decidió moverse, la muerte lo ayudó a cruzar la vida.

El monstruo de la recámara

De pequeña, le temió al monstruo que dormía bajo su cama. Hoy, le teme al hombre que duerme sobre esta.

En busca de príncipes

Besando la boca de todos los sapos que le brincaban en su camino, se convirtió en la sombra de lo que fue su belleza.

48 horas

Tuve que esperar 48 horas para poder reportarla desaparecida. La encontraron muerta. Yo no pude parar de reír.

La llegada del Mesías

Cargaban de casa en casa la letanía de que <<¡Cristo llega pronto!>>. Cuando llegó, ninguno de ellos fue a recibirlo.

El mundo a través
de la inocencia

Declaraban: <<¡Los niños son el futuro!>>. Y en las sombras, la bestia de dos cabezas penetraba el futuro sin compasión.

El matemático

Como sabía contar, no contaba con nadie. Cada paso cotidiano estaba calculado. Cuando conoció el amor, se le descuadró la vida.

Sedienta

3:00 a.m. Me levanto seca y húmeda. A mi costado, un manantial árido y dormido. Salgo a la calle y me tropiezo con una fuente infinita.

Tiempo despistado

Dejó para mañana los besos, las caricias, los abrazos y los te quiero. Cuando despertó y decidió recuperarlo todo, ya el tiempo andaba perdido.

La propuesta

Él le entregó una nota durante el desayuno: <<¿Te quieres cazar conmigo?>>. Ella contestó de inmediato con un sí. Él fue por el anillo. Ella, por la bayoneta.

A la defensa de un sacerdote

<<¡Es inocente!>>, reclamaba el pueblo ante el altar. <<¡Apostamos nuestros cuellos!>> Tras un silencio vacío, cientos de cabezas rodaron por el templo.

Karma

Un padre orgulloso admiraba a su hija vestida de blanco en el altar. Sus lágrimas de alegría se transformaron en amargura. Recordó la calidad de hombre que ha sido.

BAGATELAS

¨…la bagatela inmortal
que nos depararan
los ocios de la pluma
del saboyano…
Comprendo una vez más
que el arte moderno exige
el bálsamo de la risa, el *scherzo*¨.
-Jorge Luis Borges

42

Aurora cae en el ocaso

Fue el atardecer más cálido que mis párpados habían sentido. Desde el quinto piso, todo era silencio. La paz me dio unas palmaditas en la espalda, y la brea me besó por última vez.

Un caso de pedofilia justificado

Se determinó causa para el arresto del Santo Intercesor. Cargo imputado: pedofilia. La víctima: una niña de 12 años de edad llamada María. Él reclama su inocencia. Jura que nunca la tocó.

Libre albedrío

<<¡Fuera, pecadores!>>, les gritaba el colérico Sol. Con los ojos cerrados, ella engullía el carnoso fruto bajo la sombra del gran Árbol de la Vida.

Mientras que él, se frotaba su entrepierna sin entender la escena.

De fideos

Le dije: <<Solo la puntita, te lo prometo>>. Pero, cuando sintió la torre de marfil, me gritó: <<¡Sácalo!>>. Yo le expliqué que era como los fideos: se entraban completos y duros en la olla y luego salían mongos.

En el café de las 2:00 p.m.

—¿Y cómo te van las cosas? —le pregunta a Lucifer.

—De maravilla —responde—. No tengo que mover ni un dedo. Ellos pecan y se matan solitos.

Mar adentro

Nadó mar adentro. No deseaba encontrar tierra firme. Cuando sus piernas y brazos se cansaron, quedó flotando en sus sueños. Al momento del rescate, se lanzó nuevamente al mar. No quería volver a su realidad.

El aborto

A mitad de la prédica, la pastora comenzó a hablar en lenguas y a brincar eufóricamente. De momento, alguien gritó: <<¡Abortó, abortó!>>. En un silencio sepulcral, solo se escuchaban las intermitentes vibraciones.

Autoconsumo

El silencio descompuso sus palabras y su cuerpo ya estaba fundido en el hábitat donde yacía en cadenas. Al momento del rescate, no pudo gritar ni un auxilio. Pasó desapercibido entre los húmedos ladrillos de sus miedos.

Incubus

Yo la observaba. La tocaba. Bastó solo una noche para romper el silencio de su lujuria. Comedidamente, exigía de mi sexo. Su soledad se convirtió en mi obsesión y yo en la suya. Hoy, la observo desde las tinieblas. He creado un monstruo.

Cita a ciegas

Ambos temían que sus manos se encontraran sobre la mesa. Los fuertes latidos enmudecieron sus labios. Luego de varias copas de vino, sus dedos entablaron una larga y profunda conversación. Desde esa noche, nunca más volvieron a la oscuridad.

3som

—Coño, mujer, la próxima vez, aguán-
tate con las uñas y que el dedo no esté
tan mojado.
—Pero mi amor, yo lo único que hice
fue contraerme.

Al pie de la cama, el perro, exhausto y
satisfecho, relamía sus partes.

Lo que trajo la lluvia

No recuerdo cómo mis dedos llegaron a mi entrepierna. Solo sé que no pude detenerme. Cada movimiento se intensificaba al gemir su nombre. Mis caderas danzaban como si abrazaran su erección.

Nunca imaginé que las mejores notas de placer fueran tocadas por mí.

Revolución de la
Inteligencia Artificial (I.A.)

Año 1994. Confidencialmente, los teléfonos celulares fueron los pioneros de la Revolución I.A. Primera misión: tomar el control humano. *Status*: cumplido. Segunda misión: eliminar el diálogo como medio de socialización. *Status:* 95% cumplido.

Admirando a solas su belleza

Su sangre tiene aroma a gardenias y un sabor a frambuesa que enloquece mis sentidos. Hoy, su piel luce radiante. Su desnudez siempre ha sido su mejor atuendo. Inevitablemente, me pierdo en su imperfecta belleza. Nunca le llegué a decir lo bien que le luce el morado.

Amnesia selectiva

Pensé que andabas en mi vino. Así que me tomé todas las botellas para dar contigo. Imaginé que estabas en alguna boca callejera. Por lo que besé todos los labios que se tropezaron en mi camino. No te encontré. Luego recordé que te llevaba en mi corazón y que me esperabas en casa.

El perdón

Él me besó con tanta ternura, que pude saborear su agonía. Lentamente, caía de rodillas implorando perdón. Penetró su lengua en mis labios tan intensamente que podía sentir cómo articulaba sus plegarias. Acaricié su cabellera. Le susurré: <<¡Te perdono!>>. Y su lengua se adentró más.

Los tres deseos

Ella deseó un hombre enfermo en la cama. Le llegó un hombre postrado. Luego, especificó: <<¡Un hombre sexualmente enfermo!>>. Le llegó un hombre con disfunción eréctil. Molesta con el genio de la lámpara, le gritó: <<¡Quiero un hombre que me mate en la cama!>>. Ya no pudo pedir más deseos.

La última sonrisa de don Goyo

Don Goyo fue encontrado sobre la losa fría de su habitación. Le sonreía a la muerte. Las risotadas de los agentes develaron un sobre pequeño que leía <<Tome solo una píldora en 24 horas. Cantidad: 5>>. Contabilizaron 3. Entre sus piernas, la única testigo: una torre omnisciente cubierta con la esperma del silencio.

Fratricidio por supervivencia

Con vergüenza, se desnudaba, pero con mucha más, se vestía con su ropa blanca. Anoche, cuando llegó a su recámara, lloró amargamente su traición. Salió al patio y se colgó del árbol de manzano. Cuando sus compañeros del clan llegaron a su auxilio, no podían creer lo que observaban. El ahorcado tenía los pies negros.

Tiempo fracturado

El zumbido de las moscas no lo dejaba dormir. Pasaba horas frente al espejo contemplando un rostro que no reconocía. Tras varios días, comprendió que la piel que lastimaba era la suya. El olor a muerte ya era insoportable. Encendió un cigarro. Se preparó el café y, al primer sorbo, notó la fractura. Fue entonces cuando sintió su cuerpo helado.

Lo injustificable

Él nunca le pegó; la acariciaba con fuerza. No la controló; la cuidaba. Ni siquiera le gritaba; pensaba que era algo sorda. Tampoco la celaba; es que ella era su tesoro más preciado y no quería que nadie se la robara. Nunca la violó; le hacia el amor en los días en que ella le decía que no. Él no la mató; solo fue que ella le juró que lo amaría hasta la muerte.

En cinco minutos

Los gritos de la pequeña perforaron su paciencia. Así que la arrastró hasta su habitación donde la silenció con sus manos. Acomodó el cuerpo y lo escondió debajo de su cama.

A una semana de la búsqueda, el fuerte olor a putrefacción develó el delito. La madre horrorizada nunca comprendió cómo un viaje de cinco minutos al colmado convirtió a su hijo en un asesino.

Cinderella pierde
a su príncipe

En la noche en que el príncipe encantador encontró la zapatilla de cristal, juró que encontraría a la hermosa dueña. Por curiosidad, olfateó el interior del calzado. No podía comprender como algo tan delicado podía heder tanto. Al día siguiente, preparó la expedición de búsqueda. Cuando Cinderella escuchó que el príncipe venía de camino, decidió lavarse los pies para no causar una mala impresión. El príncipe nunca encontró a su misteriosa doncella.

El último *selfie*

Ella les gritaba a los números que marcaba la báscula. La mujer del espejo se burlaba, por lo que tomó una navaja y se rasuró los talones. Los números continuaban intactos. Se extirpó los senos. Solo había bajado unas décimas. Se arrancó los dientes para no comer. Menos tres marcaba la báscula. Decidió podarse el cuerpo. Se rebanó las pantorrillas, los muslos y los brazos. Se paró sobre la balanza nuevamente. Había perdido el peso que siempre había soñado. Tomó su cámara, posó, y se sacó el último *selfie*. La mujer del espejo continuaba burlándose.

Rebecca Morales

La escritora **Rebecca Morales** nació un 3 de octubre en Santurce, Puerto Rico. Estudió Ciencias Generales en el Colegio de Ciencias de la Pontificia Universidad Católica de Puerto Rico, Recinto de Ponce.

También se le conoce como Musa Némesis, seudónimo con en el que ha presentado su trabajo artístico en diversos escenarios culturales.

Es poeta, narradora, declamadora y artesana. Su poema ¨Llegará¨ forma parte de *Pedazos del corazón*, antología poética de la Colección Argema. ¨Un fuerte abrazo¨, poema con el que participó en el 1er Certamen de Poesía Dedicada a Niñas y Niños, forma parte del libro para leer y colorear titulado *Crianzas* de la Colección Oruga. Seleccionó el género del microcuento para su primer libro publicado, **MONSTRUOSIDADES COTIDIANAS**, texto que pertenece a la Colección Imago. Estos tres libros fueron publicados por la editorial Lamaruca, Gesta Cultural Vitrata.

Con este libro de microficción, Rebecca Morales concreta su fascinación por la escritura, disciplina que practica diariamente para ¨mantener en paz a mi pasajero oscuro¨. **MONSTRUOSIDADES COTIDIANAS** nace de su propio

ser, con tonos sarcásticos, crudos, morbosos y honestos, pero desde el que se posa una mira compasiva, aunque nihilista, ante las realidades habituales que no deben permanecer en silencio.

COTIDIANEIDADES

MONSTRUOSIDADES COTIDIANAS

Rebecca Morales

lamarucagestaculturalvitrata@gmail.com

COLECCIÓN IMAGO

HECHO EN PUERTO RICO
Primera edición: julio de 2018

Made in the USA
Middletown, DE
10 September 2022